Pour James et Helen

TRADUCTION DE NATHALIE CORRADINI

ISBN : 2-07-055169-5
Titre original : *Holly*
Publié par Andersen Press Ltd, Londres
© Ruth Brown, 1999, pour le texte et les illustrations
© Éditions Gallimard Jeunesse, 1999, pour la traduction
française, 2002, pour la présente édition

Numéro d'édition : 06500
Loi n° 46-956 du 16 juillet 1949
sur les publications destinées à la jeunesse
Dépôt légal : octobre 2002
Imprimé en Italie par Editoriale Lloyd
Réalisation Octavo

Ruth Brown

Boule de Noël

L'histoire vraie d'un chat

GALLIMARD JEUNESSE

Ce n'était encore qu'un minuscule
chaton et elle était abandonnée.

Quelqu'un la trouva

et nous la donna.

Comme c'était bientôt Noël

nous l'avons appelée Boule de Noël.

Ce fut d'abord Boule de Noël
la timide…

mais en grandissant, elle devint
Boule de Noël la détendue

Boule de Noël la curieuse

Boule de Noël l'acrobate

Boule de Noël l'aventureuse

Boule de Noël l'intrépide

Boule de Noël l'intelligente

Boule de Noël la coquine

Boule de Noël l'orgueilleuse

Boule de Noël l'ennuyée

Boule de Noël la fureteuse

Boule de Noël la fatiguée

Boule de Noël l'autoritaire

Boule de Noël la généreuse

Boule de Noël la boudeuse

Boule de Noël l'affectueuse

la grande, la belle

l'adorable Boule de Noël.

Cher lecteur,

Il y a quatorze ans, par une froide journée
de novembre, quelqu'un trouva un minuscule
chaton abandonné et l'apporta chez le
vétérinaire ; celui-ci savait que nous cherchions
un petit chat. Notre chère vieille Flossie venait
de mourir et la maison semblait bien vide
sans elle. Nous fûmes donc ravis d'accueillir
dans notre vie cette petite créature sans foyer.
Elle était malingre et farouche mais, peu à peu,
elle s'habitua à nous et à sa nouvelle demeure.
Elle s'enhardit et passa bientôt de longues
journées bienheureuses à découvrir et explorer
un nouvel environnement passionnant.
Parfois aussi, elle restait assise, immobile,
plongée dans une profonde méditation.
Devenue adulte, elle eut ses propres chatons –
un mâle dodu et une petite femelle.
Nous les appelâmes Copain et Bébé.

Elle s'en occupa très bien tant qu'ils furent jeunes, mais en grandissant, ils commencèrent à l'ennuyer. Elle tentait sans cesse de leur échapper, cherchant un peu de calme et de tranquillité mais ils la retrouvaient toujours. C'est une vieille dame maintenant mais elle sait se faire respecter. Elle est encore assez rapide et agile pour me rapporter des « cadeaux ».

Elle m'en a apporté un ce matin – je pense qu'elle savait que c'était mon anniversaire. Souvent, elle tourne le dos au monde et nous ignore tous superbement. Mais tous les après-midi, quand je travaille, elle vient s'asseoir sur mon bureau et me tient compagnie un moment. Ainsi, ce livre parle d'elle, et de la façon dont une minuscule chatte terrorisée est devenue notre grande, belle, adorable Boule de Noël.

Ruth Brown

L'AUTEUR - ILLUSTRATRICE

Ruth Brown est née en 1941 en Angleterre. Déjà petite fille, elle aimait dessiner et l'art l'intéressait. Elle s'engagea dans cette voie et fit ses études au prestigieux Royal College of Art de Londres. Elle travailla à mi-temps à la BBC, où elle réalisait des décors pour les émissions pour enfants. Une amie illustratrice, Pat Hutchins, lui conseilla d'essayer de faire un livre pour enfants. Son succès fut immédiat et constant. Elle publie un ou deux livres par an, travaillant lentement, avec une grande concentration, un grand soucis du détail : *Une histoire sombre, très sombre, Le Voyage de l'escargot, Dix Petites Graines, Le Visiteur de Noël, L'Homme aux oiseaux* (un conte écrit par Melvin Burgess), chaque illustration est pour elle comme un tableau. Amoureuse de la nature, elle a quitté Londres pour s'installer avec son mari, l'illustrateur Ken Brown, dans la belle ville de Bath. Ruth et Ken ont deux fils, aujourd'hui adultes.

folio benjamin

folio benjamin